KB136637

바람의 언덕

# 바람의 언덕

초판 1쇄 발행   2021년 9월 10일

지은이 | 양영숙
만든이 | 이한나
펴낸이 | 이영규
펴낸곳 | 도서출판 그린아이

등록 연월일 | 2003. 12. 02.
등록 번호 | 제2-3893호
주소 | 서울특별시 은평구 녹번로 6-11, 201호
전화 | 02)355-3035
이메일 | gmh2269@hanmail.net

ISBN 979-11-91376-02-9(03810)

# 바람의 언덕

양영숙 시집

그린아이

# 기쁘게 앓는 몸살

흘려보내지 못하고
보듬고 온 분신
화석이 되기 전 용기를 내었습니다.
시의 덩굴을 들추어
묻어둔 기억의 시들을 헤적이는 게 쉽지 않아
무심히 보낸 세월
2006년에 갇힌 시간
봉인된 파일을 열고
많이 늦었지만 집 한 채 마련하여
떠나보내니 홀가분합니다.

시를 쓰는 일은 저의 시에서도 고백했듯이
'기쁘게 앓는 몸살'입니다.
아무도 강요하지 않건만 스스로 기쁘게 혹은
기꺼이 그 몸살을 사랑하며 감당합니다.

시는 마음에 꽃을 피우는 놀라운 능력이 있기 때문입니다.

임진각 평화누리 공원에 있는 '바람의 언덕'에서 영감을 받아

시집의 이름을 지어주었습니다.

우리의 선한 바람과 바람이 모여

아름다운 세상이 되기를 꿈꿔봅니다.

2021. 8.

양영숙

## 차례

## 제2부 광야의 밥상

## 차례

# 제4부 내 가슴에서 자라는

# 제1부
## 희망을 파종하다

# 염원

임진각 '바람의 언덕'에는
잠들지 못하는
2300여 바람개비가
눈을 밝히고 있다
북녘을 향한 목마른 바람願이
바람개비 되었다

가로막힌 길
한 발도 나아가지 못하고
지치도록 제자리를 맴돌며
멍든 가슴만 친다

당신처럼
자유로이 넘나들 날
오긴 오는 거냐고
바람에 매달려
묻는다.

# 봄마중

절기로만 왔을 뿐
아직 봄은 그림자로 얼비치는 날
깜짝 세일처럼 하늘이
반짝 봄을 풀어놓는다
잦은 폭설에 갇혔던 나는
서둘러 집을 나선다

자유로 지나
파주 어디쯤 더 달려
낯익은 산남리 마을에 찾아든다

물오른 산등성이 바장이며
온순해진 입김에
눅눅한 마음을 말리고
자연과 나는 하나가 된다

시작의 기대로 박동하는 심장
정돈된 마음 밭에
희망을 파종한다.

# 박물관 단상

톱카프 궁전* 박물관에서 만난
모세의 지팡이!
촬영 감시 눈초리 속
둥둥 인파에 떠밀리며
급히 눈에 눌러 담는다

3천 년을 뛰어넘은 건재함에 놀라고
부지깽이만 한 왜소함에 거듭 놀란다
모세 손에 들려 온갖 이적을 행한 도구가
이토록 작은 막대기라니⋯⋯

지팡이로
물맷돌로
오병이어로
약한 것을 들어 강하게 쓰시는 하나님의 역사

네 손에 있는 것이 무엇이냐

작은 달란트마저 곧잘 땅에 묻는,

과연
내 손에 든 것은 무엇인가.

*터키에 소재. 모세의 지팡이, 다윗의 칼 등이 전시되어 있음.

# 2020년 봄

문 빗장
마음 빗장
굳게 걸어 잠근
엄동의 봄

모진 삭풍에도
봄은 서슴없이 걸어와
꽃을 낳는다

즐겨 볼 여유조차 없는
인간 고치
사람 기피증 바이러스

언제쯤이랴

경계의 가림막 벗고
우리가 서로의 꽃으로 돌아갈
그날이.

# 천사랑
－천 전도사 고백


첫 아이가
우리 곁에 왔습니다
이름은 '사랑'이

천사랑 결혼해서
천사랑을 얻었습니다.

# 횡성계곡

빠르다 느리다 무어라 마오
좁은 길 넓은 길 휘돌아가는 길
내달리고 몰아치고 숨고르고
내 의지가 아니라오
주어진 상황에 순응하며 갈 뿐이오

태양이 얼마나 부드럽게 애무하는지
내려와 발 담근 하늘은 얼마나 푸르른지
내 안의 어족은 또 얼마나 나를 간질이는지
마음껏 느끼며 가고 싶지만
재촉하는 등쌀에 떠밀려 간다오

굽이굽이 흐르다
바윗돌에 부서지고 흩어져도
더욱 굳건히 껴안음은
강물과 만나고 바다를 만나기 위한
소망 때문이오

별 초롱한 밤

달빛 옷자락 밟으며
우렁우렁 시를 읊으며 가겠소.

# 의치

흔들리면서도 뿌리를 놓지 않아
마취주사 후 앞니 세 개 뽑아낸다
육십여 년 나를 먹여 살린 소중한 분신
한순간에 사금파리로 버려진다

떨어져 나간 대문
거울 속 영구가 웃는다
생경한 내 얼굴에 실소失笑하며
복원 가능한 의술에 재차 가슴 쓸어내린다

혼잣말, 토막말 자꾸 되뇌어 본다
자음 모음이 맞물리지 않고 누수된다
빼놓은 의치로 대문을 닫고서야
똘똘해지는 모국어

입천장 위에 포개진 의치 입천장 조각
촉수를 세우고 과민하는 혀에
굴러온 돌은 좌불안석이다

허락하라
주인을 위한 구원투수가 아니더냐
새 이가 심어질 때까지
어우렁더우렁 함께 살아야 하느니.

# 미끼

미끼를 내리고
낚일 물고기 기다린다
먹음직한 먹이 뒤에 감추인 올무
이윽고
뱉을 수도 삼킬 수도 없는 덫을 문 채
붕어 바둥거린다
후회의 몸부림에 물꽃 튄다

낚시꾼 따라 나선 유료 낚시터
마침 호객용 이벤트 기간이었다
지느러미에 TV, 금반지 등 꼬리표 달아 놓고
한 마리 풀어 놓은 황금 잉어는
백만 원이 걸렸다

긴장감 팽팽한 낚시터
더는 낭만이 아닌 변질된 놀음판
순수한 손맛과
망중한의 여유는 실종되고
붕 뜬 욕망들만 다투어 던져진다

낚여 끌려 나오는
우리 모습을 본다
사행심에 불지른 상술을
덥석 문
삼만 원짜리 자화상.

# 모정

어학연수로 1년 만에 해후한 딸아이
꼬옥 끌어안고 잔다

맨발로 해협을 건넌 숱한 밤
만나고 온 날은 잔상을 보듬고
남은 밤 뒤척이곤 했다

딸아이 옆에 누우니
가득 차오르는 안도감

오늘 밤부터 너를 찾으러
낯선 곳 서성이지 않아도 되겠구나.

# 우리는

들어야 할 음성 짐짓 외면하고
허탄한 말의 홍수에 허우적거렸습니다

보아야 할 것엔 눈을 감고
보암직한 미혹에 두 눈 밝혔습니다

삼키면 좋을 말은 쉽게 뱉고
꼭 해야 할 말엔
때로 용기없는 침묵자였습니다

감동 은혜에는 냉철한 심장이
사소한 일에는 혈기로 꿈틀거렸습니다

주님
귀에 붙은 더께, 말씀으로 씻어 주소서
세상을 즐기는 눈비늘 벗겨 주소서
뿌려 놓은 엉겅퀴 뽑으시고
강퍅한 마음 만져 주소서.

# 성형수술

얼마나 잘될까
얼마나 아플까
얼마나 비쌀까

망설이는 자
절대 후회 않게 해 준다는
어느 성형외과 광고에 꽂혀
오랫동안 벼르기만 하던
희망사항을 단행한 지인

대한민국에서
눈쌍꺼풀은 수술 축에도 못 끼지만
소심한 본인 마음 꿰뚫은 멘트에
용기내어 받은 수술

아뿔싸
일란성 쌍둥이로 태어나지 못한 두 포물선
미세한 차이의 다름
본인의 체감지수는 무지개만 하다

눈길 가는 곳곳 도배된
전과 후 사진
폭발적인 성업
가히 성형 대국이다.

# 외할머니

김장 마늘을 깐다
손톱 밑 아릿함이
마음까지 번진다
까마득한 기억 속 외할머니가
다가와 앉으신다

허리 휘도록 지은 농사
자식들 다 나눠 주고
당신 몫은 언제나 못난이!
돋보기 쓰고
밥테기* 같은 마늘을 까셨다
딸만 여섯인 내 어머니를 위해
아들 점지 지극정성 빌어 주시고
행여 당신 딸 힘들까
어린 손녀 번갈아 데려다 돌보셨다

사십여 자손 걱정등짐 나눠 지시느라
베 적삼은 소금꽃 피었다
부화한 새끼들에게

자신을 먹이로 내어주는 염낭거미로
평생을 그렇게 사셨다.


*밥알의 방언.

# 까치집

겨울 나목 우듬지에 덩그렇게 드러난 요새
한 부리 한 부리 쌓은 정성이 높다랗다
갈 수 없고 닿을 수 없이 아득한
가깝고도 먼 나라

하얗게 언 달빛 내려와 스며들고
떠돌던 바람 맴돌다 가고
해도 궁금하여 기웃거리는
고슴도치 성

체온 나누며 겨울 나는,
인간보다
더 정겹고 따뜻한 세상

침범하지 못할 평화가
온점으로 달려 있다.

# 버려야만

밭 갈던 엘리사
열두 겨리 소 버리고
엘리야 좇다

베드로와 안드레는 생계를
야고보와 요한 형제
혈육까지 버려 두고
예수님 좇다

아직 못다 버린 나
해안가에 쪼그리고 앉아
그물 깁고 있다
미련 건져 올리려
집착의 바늘땀 엮고 있다

눈 감아야 보이는
영의 세계
버려야만 누릴 수 있는
하나님 나라.

# 동백꽃 1

칼바람에
동백나무
선혈 흘린다
방울방울 핀 봉오리에
묻어난 봄.

# 동백꽃 2

군락지
빠알갛게 무더기로 떨어져 누운 동백꽃은
백마강에 몸을 던진 삼천궁녀다
치열한 전장에 흩뿌려진 핏방울이다

일년을 바쳐
설한 속에 결연히 피워낸 고운 자태
여느 꽃과 달리
아직 맥박이 푸르게 뛸 때
서둘러 통째 생을 던진다
끝나지 않은 무대에서
요절한 주인공처럼

펼쳐진 꽃길 차마 밟지 못하고
살포시 두 손 가득 주워든다
가지에 올려주면
금세 다시 피가 돌 것 같은
홍안.

# 어린 양

코리아에서 온 여행객 대접에
겨우 다섯 달 초원을 누린 어린 양
제물이 되다

피 쏟고
가죽 벗기고
각을 떠 삶아
게르*에 차려진 오찬

예로부터 지금까지
인간을 위해 저항 없이
잠잠히 목숨 바쳤나니
목장의 천여 마리 가운데
애설피 간택당한 양이여

문득
우리의 속죄 제물로
짧은 서른세 해 바친
유월절 어린 양이

살아난다.

*몽골인들의 이동식 천막집.

# 속초 어시장

축소판 바다
수조에 팔팔한 물고기 떼
손님 부르느라 더 팔팔 뛰는 상인들
오대양에서 모여든 갖가지 어류 구경에
호기심의 지느러미 살랑이며 헤엄쳐 다닌다

횟감을 탐색하다 우럭을 얹어주는
후덕함 선택한다
거침없는 단칼에
뎅강 잘려나간 우럭 머리
분리된 머리가 몇 번 튀어 오른다

아가미 들썩이며
해체되는 자신을 지켜보는
서럽도록 맑은 눈

숙달된 손 끝에서 새롭게 태어난
바다 한 접시.

# 대추나무
  -나중된 자


빠른 우편으로 배달된 봄기운에
화들짝 깬 나무들
다투어 잎 틔우고 꽃 피워도
대추나무
마른 머리칼만 떨군다

일어나라 성화에도
기척 않던 늦은 봄
수천 개 별을 낳았다

노랗게 기지개 켜며
수런대는 영토
감당할 수 없는 충만한
은총의 무게.

# 백록담 가는 길

내게 악수를 청하는 산
범상치 않은 위용에 압도되어 조심스레
내민 손 붙잡는다

길은 길을 낳고 길은 길로 나뉘고
길은 또 길로 이어지는 아뜩함
남한에서 가장 높이 서서
다가갈수록 콧대 치켜세우며 담금질한다

전진과 포기를 저울질하며 겨우 도착한
하늘이 허락해야만 볼 수 있다는 백록담
안개가 잠시 몸을 사려줘
신비한 모습에 빠진다
벅차오름을 넘어 겸허해지는 시간

용암을 각혈한 가슴팍에
목마르게 고인 양수羊水
한라산의 정기가 발원하는 곳
진초록 기운이 꿈틀댄다.

제2부
# 광야의 밥상

# 광야의 밥상

영등포 골목 광야*에 밥불이 지펴지면
어디선가 슬금슬금 나타나
삽시간에 긴 줄을 만드는 사람들

정오로 가는 시계바늘이
열한 시 문턱을 넘기 바쁘게
조급한 마음은 몇 바퀴 늘어선다

비가 오나 눈이 오나 어김없이
광야에 차려지는 밥상
넘치는 풍요 속 빈곤으로
대낮에도 어두워 헤매는 작은 이웃

허겁지겁 달게 먹고
구깃한 얼굴 환하게 펴져
다시 광야 같은 세상으로 흩어진다

'선한 사마리아인으로 살자'
'내가 주릴 때 네가 먹을 것을 주었고……'

벽에 걸린 말씀이 눈부시게 다가온다.

*광야교회 : 매일 500~1000명 무료급식 사역함.

# 몽골 초원

광활한 초원의 가르맛 길을
그르렁대며 달리던 낡은 승합차가
거친 숨을 몰아쉴 무렵
한무리 양이 눈에 들어왔다

사람 그림자조차 구경 못한 채
내리꽂는 땡볕 대지를
수 시간 달려온 터라
움직이는 생물체와 첫 만남은 경이로웠다

참으로 동경하던 그림이 아니던가
망망한 초원에 소, 말, 양 떼가
살찐 엉덩이 실룩거리고
하늘빛 닮은 담청색 물웅덩이
다문다문 나타난다
방목하는 짐승의 목마름까지 배려하신
하나님 마음이 찰랑인다

여기가 바로 푸른 초장 쉴 만한 물가런가

풍경을 복사하는
셔터 소리 경쾌하다.

# 채색 끈

열일곱 살 적 추억의 물꼬 따라
찾아온 채석강
층층기암은 여전히 쌓인 책장을 넘기고
물너울은 거센 숨으로 달려와 반긴다

친구들과의 첫 바다 캠핑
귤빛 낙조
함께 뒤척였던 밤바다
밤 이울도록 부르던 노래
해질녘 올라 앉아 시인이 되어 보던
너럭바위는 어디였을까

수십 년 놓지 못한 채색 끈
기억의 주파수 맞추며 발을 옮긴다
기암층만 옛 그대로일 뿐 사방이 생소해
그만 멈춰 선다
닳도록 만지작거렸던 추억이 무색해진다

모든 것은 흐르는 것

그리고
흘러가는 것.

# 시 쓰는 밤 1

밤이 깊다
영혼의 살림과
울림을 위하여
사유의 숲을 거닌다

산소가 되지 못한
공허한 시간만 풀어내는 밤.

# 시 쓰는 밤 2

사방 책울타리 두른
내 작은 공간
너른 세상으로 통하는 문을 연다
묵언 중인 사물을 깨우며
외로이 가는 길

밟지 않은 새 길 찾아
설레며 출발했다가 헤매고
수없는 횡보 끝에
일보 전진을 하며
기쁘게 앓는 몸살

깔깔한 눈에 물 주며
잦아드는 심지를 돋운다.

# 행적

디카에 담아 온 여행 사진 컴퓨터에 옮기며
5박 6일 이국 여정을 클릭한다
되짚어간 시공간에서
다시금 즐거운 복습에 빠져본다

순간을 훔친 다양한 내 모습
작은 일탈에 행복해하고
방심 중 들켜 버린 흐트러짐도 있다

어느덧 가을녘
머잖아
잠시의 여행 마치고 그분 앞에 섰을 때
살아온 내 행적 낱낱이 펼쳐지리라

삭제도 편집도 되돌리기도 할 수 없는
삶의 저장 파일 속에
부끄러운 모습 담기지 않아야 하리.

# 성찬식


예수님 살 한 조각
입에 넣는다
서른세 살 청년의
근육질 살점
아프게 녹아내린다

성혈 한 모금
삼킨다
가슴을 헤집는
달큰한 슬픔

내 누추한 전에
주님 들어오셨다.

# 섬
−요양원

백리 길
휘적휘적 달려오느라
마모된 엔진
고장난 회로
궤도 이탈한 육신을 끌고
우후죽순 돋아난
섬으로 이주한다

등뒤에 이는 모래바람에
젖어드는 이슬비
떠나는 자 보내는 자
애써 말을 삼킨다

생존을 힘겹게 그러쥐고
새 세상 익히는 서툰 걸음마
뭍을 향한 그리움이 쌓여
섬 속의 섬이 되어간다

따뜻한 봄볕에

나비 되어
훨훨 날아볼까나.

# 덕유산 봄

일산에 진즉 다녀간 봄이
덕유산 자락에
이제야 보따리를 푼다

케이블카에서 내려다본 골은
온통 철쭉 세상인데
옷고름 풀지 않아
꽃망울만으로 목을 축인다

몇 주 전 수확을 마친 두릅이 한창이고
다시 만난 여린 쑥
모자에 손수건에 봄을 따 담는다

늦터진 말
골짜기 돌며 재잘거리는
라르고로 온 덕유산의 봄날.

# 생명법칙
― 억새


윤기나는 머릿결 찰랑이며
군무하는 무희
깊어가는 가을 따라
이별을 준비하네

혼신으로 모천에 돌아와
산란하고 최후 맞는 연어처럼
남김없이 내어주고
빈 껍데기로 돌아가는 어버이처럼
새봄 더 많은 부활 위해
날카로운 바람이빨에 찢기우네

빈 들에 버려진 만신창이 모태
상함으로 온전해지고
죽어서 살리는
고귀한 생명법칙
이천 년 전
님이 그러하셨듯.

# 백미白眉

길게 삐져나온 남편 흰 눈썹
한 올 발견하다
머리칼, 턱수염에 이어
눈썹에까지 내린 세월
연민이 스친다

동고동락한 지 사십 년
어찌 솜털로만 살았으랴
때로 억센 깃털이었고
송곳이기도 했을 터

알고 보면 다름인 것을
물러서서 보면
알량한 자존심 겨룸인 것을

길이가 안 맞아도
색깔이 달라도
다듬으면 정갈할
저 흰 눈썹.

# 빙하의 눈물

급속히 허물어지는 겨울왕국
더는 버틸 수 없어
뛰어내린다

산등성이 타고 떨어지는 눈물 줄기
새로 길을 내고 몸집 부풀릴수록
깊어지는 지구의 시름

온난화 주범들
절벽 폭포 관광에 감탄하다
금세 가슴 서늘해진다

지구가 녹아내린다
빙하가 따라 운다
자연이 성난 뿔 들이댄다

등성이에 널브러진 하얀 실타래
누가 거둘 수 있을 건가
봇물 터진 저 분노
어떻게 달랠 수 있을 건가.

# 오십견

왼쪽 날개에 얹혀진 유리병
스치기만 해도 바스라질 것 같은
병瓶
병病

독수리
심신을 쪼아대고
가해지는 망치질에
잘라 내고 싶은 팔의 무게

박힌 못 뽑아내기 버겁고
지체 한 곳 부자유함에
삶이 이리 뒤뚱거리는데

더해지는 세월에
늘어만 가는
육신의 따개비.

# 개나리

햇빛 먹고

바람 먹고

봄비 두어 사발 들이켜니

지천에 울리는

황금 종소리.

# 고향집

대문을 밀치니 검버섯 핀 철문
오수에서 깨어 주춤 물러선다
텅 빈 마당
농익은 홍시가 떨어져 뭉크러지고
월담한 대숲 바람
잠자리와 더불어 노닌다
한줌 위안은 앞마당 끝물 채소
폐가가 아니라고 잡초더미 속에서
온힘 다해 얼굴 내민다

인적 끊긴 집 안
환청이 들려온다
안방 건넌방 사랑방 대청마루
팔남매와 자손들 웃음소리 좌르르 쏟아지던
할아버지댁 대소사 모임

밤 치고
산적용 대꼬챙이 깎고
화기애애 이야기로 밤을 새우던 어른들과

몰려다니며 신바람 났던 우리

세월 흘러
고택 홀로 남겨졌다
이따금씩 후손의 발걸음에
겨우 연명하고 있는 남루한 성

위태로운 담
삭아 덧댄 처마
윤기 잃은 쪽마루

번듯하던 저택과 청춘은 어느덧 퇴락하고
시끌벅적했던 그 시절 반추하는 가슴에
늦가을이 내린다.

# 오른손 부재중

늘 궂은 일 앞장서고 부지런한
오른손에 주어진 안식 기간
수고의 짐 잠시 부리라 해도
일을 보면 무의식적으로 나가려다
삼각띠에 붙들려 되돌아온다

짝 잃은 왼손
굼뜨고 어설프다
글씨는 괴발새발
떨리는 수저질

병뚜껑 열고 옷 입고 도마질하는
사소한 일들이
대단한 일 되었다
손 대신 갖은 방법 다 동원한다

하나님이 두 손 주신 이유
매 순간 절감하며
단짝, 석고옷 벗고

날개 달 날 고대한다.

# 바람도 감사

알싸한 바람이 목을 타고 들어와
가슴 언저리를 훑는다
이완된 몸과 정신을 긴장시키는
매운 손길이 나쁘지만은 않다

초봄 이른 아침
외출길 따라나선 바람이
나를 탱탱하게 헹궈도
오늘 감당할 일이 있기에
내딛는 걸음 휘파람을 분다

살아 있음과
내 발로 자유로운 출입
당연하게 여기며 간과한 삶이
넘치는 감사로 일렁인다

경건으로 여는 아침
이 한 날도
포용의 옷 입고 넉넉해지고 싶다

숨어 들어오는 손톱바람까지
품어 덥혀 주는.

# 낚시터에서

칠흑 수면 위에 야광찌가 번득인다
빨아들일 듯 찌를 응시하는 눈빛도 번득인다
베드로는 생계를 위해 그물을 내렸지만
오늘 우리는 탐닉의 줄을 내린다

부슬비 내리는 깊은 밤
이따금씩
선악과를 따먹은 붕어가
정적을 깨며 낚시줄에 끌려온다
삼킨 유혹이 그대로 죽음일 줄이야

사람 낚는 어부를 찾으시는 주님
순종을 약속했던 나
건져야 할 영혼은 제쳐 두고
어찌 밤새워 어항 속만 훑고 있는가

디베랴 바닷가
빈 그물 넘치도록 채우신 예수님이
나에게도 물으신다

네가 날 사랑하느냐
내 양을 먹이라

-내가 주를 사랑하는 줄 주께서 아시나이다
부끄러운 대답이 목젖에 걸린다.

# 미 서부 여행길

그랜드캐년을 거쳐
풍요의 땅 유타주를 달린다
서부 개척시대에 더 나은 삶을 위해
찾아든 황무지
우리가 살 곳은 여기라며
지도자가 지팡이를 꽂은
그 길을 더듬어 간다

개척자 백마흔여덟 명의
꿈과 피땀이 어룽진 끝없는 평원
황무지에서 별을 일궈낸 그들은 노래한다
-이른 새벽의 빛이 전하는 이 감격의 광경을
 우리의 긍지를 보라-*라고

거대한 대륙
고동치는 숨결 소리 귀 열고 들으며
역사의 징검다리를 건넌다.

*미국 국가國歌의 한 소절.

제3부
# 구기자차를 달이며

# 유리창 청소

목숨 건 외줄로 허공에 매달린 남자
아스라한 발치 아래 소인국이 분주하고
공중 부양한 채 수직으로 수평으로
건너는 강은 늘 시퍼렇다

오염의 껍질 벗기는 손길
지나간 자국 따라 맑음이 눈 뜬다
마음은 하늘을 날고
몸은 하강을 고대하고

소인국이 자랄수록 착지도 멀지 않다
환한 세상 자아내는 저 몸짓
외롭게 걸린 낮달 같은 남자.

# 마스크

그 작은 것이
공포의 쓰나미 코로나19
최전선 파수꾼 되었다

혐오스럽다 배척하고
시위를 불사하던 무리까지
믿을 건 너밖에 없다며
눈만 겨우 내놓고
야무지게 벽을 친다

외출 필수품
자가방역 일등 공신
그가 없인 옴짝도 못하는 세상

손바닥만 한 방패로 무장하고
날마다 뛰어드는
살벌한 격전지.

# 思父

목련 가지에
봉긋이 젖망울 부풀어 올랐다

열두 살쯤이었던가
갑자기 옹이 박혀 아픈 가슴
놀라 칭얼대던 철부지를
약 바르면 낫는다며
달래주셨던 아버지

나무도
내 유년시절처럼
성장통을 앓고 있을까
마른 가지에
봉오리 피워내느라

꽃샘바람 방황하는 거리
본향 가신 아버지가 불현듯 생각나
더딘 걸음 멈추고
바람만 앞장세운다.

# 해안 풍경

육지와 바다가 공존하는 지대
갈매기와 참새가 함께 날고
마실 나온 해풍이 공원을 산보한다
요코하마 산하공원
그 끝자락에 펼쳐진 해안에는
고려장 된 거대한 여객선이
옛 영광을 꿈꾸며
내달릴 듯 서 있건만
관람용으로 전락한 채
뱃고동 울음 참고
무심한 파도는 달려와
노구老軀의 발등만 적신다.

# 죽순

대나무 되지 못했다고 아쉬워 말게
예서제서 솟아나는 그 많은 원추형 탑
모두 나무로 자라면
서로 부대껴
숲은 아우성을 칠 거야

바람 길 내어주고
햇살 넉넉히 받도록
채움보다 비움이 아름답지 않은가

각기 값진 제 몫의 생

네 속살 가르면
우아한 빗살 문양
무수히 쏟아지는 얼레빗.

# 4월의 눈

뒤돌아보지 말자
앞만 보고 가자
머뭇거리지도 말자
서녘 하늘에 노을이 진다

향기로운 숲은
둑새풀 무성한 맹지가 되고
청아한 종소리
녹슨 쇳소리로 흩어진다

시린 겨울에 보리순 자라고
밟혀야 더 튼실해진다지만
수묵화로 덧칠한
너의 찬 손

저문 강물에 사랑을 띄워 보내고
4월의 눈 맞으며
네 손을 놓는다
벽을 헐고 길을 내려 한
부질없음에 마침표를 찍는다.

# 우리의 죄성罪性 같은

끊임없는 생성으로
인내를 시험하는 잡초
밭작물 돌봄보다
비대해진 풀 샅바 잡고
씨름하던 수많은 시간

어느날 개발의 불도저가
땀에 전 밭 쓸어버리고
철근 콘크리트 쏟아부으니
그악스런 잡초들 지하에 매몰되다

풀과의 전쟁은 끝났다고
농사 접은 섭섭함 애써 달랬는데
새로 들어선 제2 국제전시장 마당에서
부활한 그들을 만나다

흙으로 남겨진 공간과
보도블럭 좁은 틈새까지
수북히 부풀어오른 누룩

뽑아도 뽑아도
끝없이 돋아나는
우리의 죄성 같은
질긴 목숨.

# 순명順命

광란의 시간이 흐르고
골고다 언덕
주님은 미동도 없으시다
메마른 입술
피로 엉겨 붙은 얼굴에
오히려 가득한 평온
진실로 하나님 아들이었노라
너무 늦은 깨달음

주님
모른다 부인하고
멀찍이 지켜보던
곧 뿔뿔이 흩어질
겁쟁이 비열한 자 믿음 없는 자
용서하지 마소서
그리고
3일만 무덤에 머무르소서
헐린 성전 사흘 만에
일으킨다 하지 않았나이까

순명의 길
발가벗겨진 성체에
어둠이 몰려와
옷을 입힌다.

# 진면목

나무가 옷 벗는 겨울 되어야
까치집 드러나듯

낡은 육신 벗고 돌아갈 때
조명될 내 참모습

주님나무에 둥지 틀고
살다 가는가.

# 구기자차를 달이며

끓는 물 속에 몸을 푼다
정지된 세월을 거슬러 올라가
잠자던 시간에서 깨어난다

폭염 아래 무르익고
바람볕에 미이라 된
비틀린 가죽과 장기와 세포까지
부스스 눈을 뜬다

격렬한 용솟음에 곤두박질하며
피와 살
남김없이 녹여낸다

빛바랜 잔해
농축된 핏빛 환희.

# 바기오 하늘

서울 하늘에 스케치한 다빈치가
바기오* 하늘에 그림을 그린다
변극처럼 순간순간
변화무쌍한 캔버스

우기雨期
하늘은 시시때때로
햇빛 한 짐 부려 놓다가
좌악좌악 심술보 터뜨리다가

호랑이 장가가고
여우비 다녀가고

다시 올려다본 캔버스에
다빈치
파란 물감 풀고 있다.


*필리핀의 휴양도시.

# 성찰


점도 아닙니다
빛 앞에서
확연히 드러나는
먼지입니다

당신 앞에서
나의 존재는.

# 선택

멀리 왔습니다
되돌아갈 수 없는 길
출발점은 아득하여 보이지 않습니다
안개로 뒤덮인 갈래길마다
비옥한 땅인지 메마른 땅인지
좁은 길인지 넓은 길인지
생명의 길인지 사망의 길인지
확신이 없어 고뇌하며 택한 길

뒤돌아보니
물댄 동산
돌짝밭
비손 강의 풍요
마라의 쓴 물
모두가 제 선택에서 기인된 것입니다

순간의 잘못 선택으로
먼 길 돌아야 했고
선택권 없이

의도치 않은 환경에 던져지기도 했습니다

지나오며
버린 것 흘린 것 움켜쥔 것 살펴보니
돌멩이라고 버린 것이 보석이었고
소중히 쥐고 온 것이
한낱 지푸라기이기도 했습니다

호흡 있는 동안
끊임없이 이어질 선택의 순간에
주님 마음으로 택하겠습니다
좁은 길 걷겠습니다
그러나 주님 뜻 다 헤아리지 못해
여전히 고뇌하며 택하겠지요.

# 속성

옷자락 움켜잡고 따라온 씨앗이
날카로운 무기로 찌른다
잡초밭 맬 때 숨어들었나 보다
속성에 걸맞은 이름
도깨비바늘

번식의 극대화를 위함인가
잘 달라붙도록 길고 까끌한 몸에
삼지창 들었다
찌르는 곳 들춰보니
새까맣게 떼지어 꽁무니 쳐들고
창끝을 박고 있다

오싹 소름 돋는다
사단의 짓 닮았다
방심할 때 숨어들어 영혼을 공격하고
떼어 내친 곳에 똬리 틀고
또다시
무성히 가시 낳는.

# 고추를 말리며

태양이 뿜은 입자가
앞마당에 내려앉는 아침
빠알간 고추를 내다 넌다

이웃 나무 허옇게 기진할 때도
꿋꿋이
하늘 불덩이 마시며
피워낸 홍보석

햇빛과 바람에 스스로를 사르며
한 겹씩 옷을 벗는다

마침내
투명하게 드러낸 속내
사그락거리는 숨소리까지……

겹겹이 두른 사람 속보다
더 정직하구나.

# 겨울 강 수채화

겨울 강가에 가다
매운 바람은 쌓인 눈에 풀을 먹이고
풀먹은 옥양목
발자국을 밀어낸다

칼자루를 쥔 바람은
어디든 날을 들이댄다
자상 입은 생물들 퍼렇게 질린다

노모를 위해 메기 낚시 왔다는 남자
언 강을 깨워 바윗돌 들쳐
뜰채로 훑는다
번번이 물이끼만 건져 올릴 뿐

살갗 베이며 잡은 새끼 메기 몇 마리에
감사하며 철수를 서두른다
얼음물로 정갈하게 씻은 메기
기꺼이 효심의 제물이 되려는가

낚시꾼이 떠난 겨울 강
흔들린 고요가 돌아오고
강물은 아무 일 없었던 듯
이내 동면에 빠진다.

# 내 삶의 단골역

**아현역 1번 출구**
문우합평회 가는 길
각자 지어온 따끈한 시가
뷔페로 차려지고
차 한잔 곁들여
시와 인생이 맛있게 버무려지는 곳

**신촌역 4번 출구**
젊음이 부신 거리
그 기운 받으며
나보다 더 내 건강수치 챙기는 담당의사에게
정기적 숙제 검사 받으러 가는 길목
참 잘했어요 도장 받은 날은
잘 여문 봉숭아 씨방처럼 터지는 기쁨

**까치산역 1번 출구**
35년간 한길 출입, 한길 섬김의 통로
크신 님 앞에 엎드리면
분진 씻기시고

말씀으로 빗겨주시며
못난 응석까지 묵묵히 들으시며 다독이시는
은혜 곳간 아버지의 전殿

## 대화역 2번 출구

눈을 감고 걸어도 훤히 보이는
만인의 가장 좋은 곳 0순위-집으로 가는 길
강한 인력引力에 발걸음 절로 반응하고
내가 사는 절대적 이유
생각만 해도 그립고 또 그리운 가족
청보리순 푸르게 웃음 짓는 보금자리.

# 개화

이파리 사이로
군자란 꽃대 발돋움했다
겨울 모퉁이에서
시린 체온 비비며 잉태한 의지

뿌리가 진액을 모아 주고
조밀한 잎이 다소곳이 내준 자리에
꽃망울 관 쓰고
잰걸음으로 올라왔다

뜨거워진 숨결
멈출 수 없는 열망에
싸맨 가슴 벙글어진다

시나브로 깊어진 열병 앓고
오늘
여덟 개 진홍빛 태양
찬연히 떠올랐다.

# 제4부
## 내 가슴에서 자라는

# 아들에게

아들아 평안히 가라
험한 나그네 세상
고단한 옷 벗어버리고
세마포 갈아입고
아버지 나라 입성하거라

네가 거할 성은
이별의 눈물이 없는 곳
죽음의 애곡이 없는 곳
수마水魔가 포효咆哮하지 않는 곳

죄악이 관영한 수고와 슬픔뿐인 세상에서
너 순결한 신부야
우리 곁에 머물다 간 하나님의 천사야
심부름 마치고 돌아간 본향에서
아버지와 함께 영생복락 누리거라.

# 작별

이제 떠나야 할 시간
네 영혼은 이미 아버지 곁에 있지만
우리가 사랑한
너를 구성한 육신마저 보내야 하기에
머리맡에는 황금 베옷에 어울리는 황금 마차가
너를 태우려 대기하고 있다
따스했던 볼에 얼굴 부비며 입맞춤을 한다
시린 차가움에 마음 저린다

어릴 적
정성껏 옷 입혀 유치원에 보낸 후
돌아올 즈음이면 몸도 마음도 문 앞을 서성였던
행복한 기억이 아직 영롱한데
맞지 않는 옷 타인 손에 입혀져
다시는 올 수 없는 길 가는 것이냐

가둬 둔 천둥 번개 부서져 내리고
너를 기다리며 뛰던 심장은
나락으로 떨어진다.

# 너를 보내며

네가 누운 집이 화로 안에 미끄러져 들어가고
섭씨 1000도의 불길은 맹렬히
너를 품는다
꺼질세라 날아갈세라 애지중지했던
채 피지 못한 스물여덟 해 삶이
마지막 불꽃으로 피어난다
더는 보고 만질 수 없는 잔인한 의식
감정이 격하면 오히려 무감각해지는 걸까
숨이 멎고 눈물도 나오지 않는다
화염이 붉은 혓바닥을 거두자
드러난 모습
생때같은 너를 내주고
단지 하나 받아들고
행여 넘어져 너를 쏟을까
두 손으로 부여안고
휘청휘청 발을 옮긴다.

# 내 가슴에서 자라는

보내지 않았는데
준비도 안됐는데
연습도 없이
서둘러 가셨나요

내 가슴에서 자라는 이여
짓눌려 심장이 터지려 해도
나는 그대를 보낼 수 없습니다
보내지 않겠습니다.

# 그리움

얼마나 더 기다려야 할까
퍼덕이는 멸치 붉은 속살이
소금에 삭고 삭아서
살이 녹아내리고
가시까지 무너져 내리려면

빳빳이 날 세운 형체
반짝이는 기억의 비늘
육탈되지 않은 그리움 위에
소금 몇 줌 더 얹는다

얼마나 더 삭혀야
모양도 없이 물처럼 흘러내릴까.

# 그날

너에게 가는 7월은
지천에 흐드러진 망초꽃이 창백하고
그날처럼 하늘은
또 눈물샘을 연다

질척이는 마음 추스르며
작은 정육면체 네 집 앞에 선다
사각모에 한아름 꽃다발 안고
변함없이 웃으며 맞아주는 너

아픔은 남은 자에게만 모질다
욱여 넣은 감정과 회한이
일제히 일어선다
삼키고 짓눌러도
입술을 비집고 빠져나오는 소리

쫓기듯 돌아선 발걸음
배웅하는 너를
차마
돌아보지 못한다.

# 너의 향기

흔적을 지우려
가루비누 푼다
체취가 밴 몇 벌 옷 가운데
차마 빨지 못하고 남겨 놓은
몰래 꺼내 코를 묻어 보았던
마지막 셔츠

아련한 네 몸내 지우려
주물러 빤다
부푸는 거품
차오르는 먹먹함

너 얻고
너 키우며
즐거움 이렇게 부풀었었다

거품이 제풀에 주저앉는다
말간 물 나도록
헹구고 또 헹군다

이제 너의 향기 어디에도 없다.

# 말하지 말아요(노랫말)

한 줄기 바람이었다고
한바탕 꿈이었다고
말하지 말아요
기억 갈피마다 그대 속삭이는데
눈길 닿는 곳 그대 웃고 있는데
우리 인연 여기까지였노라
어찌 말할 수 있나요
안개처럼 홀연히 사라져간 그대
목메어 불러도 침묵만 대답하고
가도가도 닿지 않는 그리운 나라

한 조각 구름이었다고
한순간 소나기였다고
말하지 말아요
생각 이랑마다 그대 피어나는데
연둣빛 미소 그대 불쑥 찾아오는데
우리 인연 여기까지였노라
제발 말하지 말아요
날 위해 기도로 어루만져 주네요

살며시 다가와 눈물 닦아 주네요
하루하루 다가가면 만나게 되리.

# 손님

충격적인 결과가 나온 걸까
진료실을 나와 구석에 쪼그리고 앉아
흐느껴 우는 딸 또래의 젊은 아이

들썩이는 어깨
집중되는 시선
대기환자 마음에도 먹구름 낀다

홀로 방치된 그녀에게
모성애로 다가가 어깨를 다독여 주니
내게 머리를 묻는다
무슨 말을 해주고 싶으나
쉽게 말이 되어 나오지 않는다

너무 일찍 맞닥뜨린 암울한 손님
딸아 울지 마라
그림자 저 편의 빛을 보아라
꽃 진 상처에 열매 달리고
혹한 끝에 새봄 찾아오듯

선물처럼
이 또한 지나가리니.

# 생명

혼수 7일째
어머니가 벼랑 끝에 몰리셨다

비좁은 대기실 쪽잠 자며
하루씩 버텨 내는 보호자
오늘도 무사히 넘기려나
애타는 노심초사

전 병실에서 키우던 포인세티아 화분
번뜩 생각나 찾아보니
사물함 밀폐된 짐가방 속에서
마른 목숨줄 힘겹게 붙안고 있다

물 한 모금 간절하였을 두 생명
젖은 거즈로 입술만 축이시는 어머니께
이 강인한 생명력
담아 보낸다

하나 둘 교체되는 사물함 이름표

오늘은 또 거친 바람이
어느 잎을 떨구려나.

# 문
— 오진誤診

잘못 든 길을 헤매는 동안
성문 서서히 닫혀 간다

미로를 빠져 나왔을 때
이미 성문은 입을 다물었다

어둠이 칠흑으로 내닫고
눈보라 몰아치고

두드리는 손
부르짖는 소리

눈부신 빛살 따라
영혼 날아오른다

문을 닫을 때
또 다른 문을 마련해 두시는 하나님

하늘 새 문 통해

영원의 시작을 연다.

# 뻐꾸기 시계

주인이 병실에서
생의 하향곡선을 그리고 있을 때
빈 집 지키던 뻐꾸기 울음도
잦아들기 시작했다

시간 시간 창문 열고 목청 돋우면
그 소리 그윽하여
깊은 숲속에 앉아 있는 것 같다며
아껴 주시던 님

무주공산 뻐꾸기
울다 목이 쉬고
주인은 홀로
얍복강 가에서 치열하다.

# 너, 나, 우리
— 제2회 대화문화축제 축시

청명한 하늘이 열리고
금싸라기 햇빛이 쏟아져 내립니다
꽃이 아름다운 도시
꽃과 호수가 만나고
살가운 이웃과 이웃이 만나
어우러진 마을

우리가 구름으로 흘러가다가
내려와 둥지를 튼 이곳
우리가 외로운 벌판 지나다
돌아와 기댈 때
어깨 내어준 이곳
대화는 듬직한 아버지 가슴이 되어 주었습니다

문화예술의 산실인
국제전시장, 고양종합운동장의 기상은
대화인의 자부심이며 긍지입니다
맑은 공기와 자연과 문화가 공존하는
청정한 대화

대지 깊은 곳에 생기 흐르고 뿌리 튼실하니
더 왕성히 뻗어 나가십시오
3만 6천 사랑스런 가족
너와 내가 아닌 우리로 용해되게 하십시오

여기 가을 동산에 대화문화축제 자리를 폈으니
오소서 머물러 가소서!
하나로 얼싸안는 큰 기쁨의
잔치 되게 하소서!

# 바람 언덕의 변주곡

## ―양영숙의 시세계

# 바람 언덕의 변주곡
## ─양영숙의 시세계

1.

시에는 만드는 시가 있고 낳는 시가 있다.

만드는 시가 작위적이요 인공적이라면 낳는 시는
자연적이요 영감의 시라 할 수 있을 것이다. 작위적
인 시는 한낱, 상투적인 언어의 기계적 조립과 유희
에 그칠 개연성이 크지만, 반면에 낳는 시란 어느 순
간 갑자기 떠오르거나 스치고 가는 탈자아적인 감동
으로 된 자연발생 시로 태생적 출신 성분이 다르다.
오늘날 시에 대한 진지한 모색이나 접근 없이 순간
감정의 유희나 자기 현시욕을 위해 남발하는 언어의
파편이나 쓰레기로 주변을 어지럽히는 일들은 또 얼
마나 많은가. 상식선에서 되풀이되는 요설과 구호들
이 시의 본령을 차지하고, 산문을 행갈이만 하여 시
의 옷을 입히고 등장시키는 일들이 독자들을 시에서
멀어져 가게 하고 있는 요소로 작용하고 있지는 않
는지 심히 우려되는 부분이다.

여기에서 사람이 시를 찾아가는 것이 아니라 "시가 사람을 찾아온다"는 파블로 네루다의 말처럼 탈작위적 흐름이 필요한 시대인 것만은 분명하다. 문제는 작위적인 시란 자기만족을 위한 일시적인 것이지만 영감으로 얻은 시는 생명력으로 많은 독자들의 가슴에 오래 남게 될 것이기 때문이다.

양영숙은 등단 20년을 넘는다. 먼저 수필로 등단하였고 다시 시의 관문을 두드렸으며 그보다 앞서 낭송음반을 출시하는 등 전문성을 인정받은 시인이다. 따라서 그의 이번 작품집 상재는 만시지탄의 감과 동시에 시에 대한 경외심을 함께 느낄 수 있는 일이라 여겨진다.


2.

그의 작품 바닥에는 알게 모르게 신앙이 깔려 있다. 물론 이런 현상은 개인의 종교관과 연관이 있지만 그런 상관관계를 떠나서 그가 쓴 신앙시의 모습은 생활과 자연스럽게 연계되어 불편하지 않고 보편적인 이미지로 비신앙인이라도 거부감 없이 받아들여지는데 이는 오랜 절차탁마切磋琢磨의 흔적이라 할 수 있다.


디카에 담아 온 여행 사진 컴퓨터에 옮기며
5박 6일 이국 여정을 클릭한다

되짚어간 시공간에서
다시금 즐거운 복습에 빠져본다

순간을 훔친 다양한 내 모습
작은 일탈에 행복해하고
방심 중 들켜버린 흐트러짐도 있다

어느덧 가을녘
머잖아
잠시의 여행을 마치고 그분 앞에 섰을 때
살아온 내 행적 낱낱이 펼쳐지리라

삭제도 편집도 되돌리기도 할 수 없는
삶의 저장 파일 속에
부끄러운 모습 담기지 않아야 하리.

−〈행적〉 전문

상기 시에서 가을녘이란 표현은 말할 필요도 없이 인생의 황혼을 말한다. 삶의 끝자락에 전능자 앞에 설 때에 이미 삭제도, 편집도 할 수 없고, 되돌리기도 할 수 없는 저장된 파일처럼 만물이 벌거벗은 상태로 적나라하게 드러나는 상황과 연계시켜 표현하고 있는 것이다.

그러나 다음의 시 〈성찰〉에서는 한낱 티끌에 불과

한 연약한 존재인 인간의 모습을 짧고 함축된 의미
로 표출하고 있기도 하다.

> 점도 아닙니다
> 빛 앞에서
> 확연히 드러나는
> 먼지입니다
>
> 당신 앞에서
> 나의 존재는.
> ─〈성찰〉 전문

　짧고 단정한 시다. 시는 철저히 언어의 경제학이 적
용되는 장르라고 봄이 맞다. 더군다나 서정시가 현대
시의 전형처럼 여겨지는 상황에서야 더 무슨 말이 필
요하겠는가. 부질없는 설명이나 넋두리, 아니면 이미
보편화되고 일반화된 기정사실을 자신만이 알고 있는
듯 쏟아내는 언어의 과소비 내지는 몰소비는 시의 질
을 저하시키고 품격을 손상시킨다는 사실과 비견되는
부분이다.

　3.
　그의 시적 관심은 다양하다. 신앙을 모티브로 하
면서도 사물에 대한 인지라든지 연상이라든지 사라

져가는 것에 대한 애정과 삶을 대하는 태도는 각별하고 연민으로 가득 차 있다. 다음의 시는 통일의 염원을 담은 시다.

임진각 '바람의 언덕'에는
잠들지 못하는
2300여 바람개비가
눈을 밝히고 있다
북녘을 향한 목마른 바람願이
바람개비 되었다

가로막힌 길
한 발도 나아가지 못하고
지치도록 제자리를 맴돌며
멍든 가슴만 친다

당신처럼
자유로이 넘나들 날
오긴 오는 거냐고
바람에 매달려
묻는다.
　　　　　　　　−〈염원〉 전문


여기에서 보는 바람개비는 잠들지 못하는 목마른

바람개비다. 그리고 그 바람개비는 제자리만 맴돌고 한 치 앞도 전진할 수 없는 답답한 시간에 매여 있는 바람개비다. 그래서 그는 자신을 돌리고 있는 바람에게 묻는다. 당신처럼 그렇게 자유롭게 왕래할 수 있는 날이 올 수 있느냐고 되묻고 있다. 기약 없이 고착된 통일의 시간표에 대하여 묻고 있는 것이다. 그러나 다음에서 보는 시는 전혀 다른 주제와 상황을 설정하고 있다.

목숨 건 외줄로 허공에 매달린 남자
아스라한 발치 아래 소인국이 분주하고
공중 부양한 채 수직으로 수평으로
건너는 강은 늘 시퍼렇다

오염의 껍질을 벗기는 손길
지나간 자국 따라 맑음이 눈 뜬다
마음은 하늘을 날고
몸은 하강을 고대하고

소인국이 자랄수록 착지도 멀지 않다
환한 세상 자아내는 저 몸짓
외롭게 걸린 낮달 같은 남자.
　　　　　　　　　　　－〈유리창 청소〉 전문

상기의 시는 스케치처럼 잠시 스치고 지나가는 흔한 도심의 풍경 중 하나이다. 3연으로 되어 있는데 서두부터 전개까지 일반적인 관찰과 묘사로 그려져 있다. 그래서 일면 평범한 듯 보인다. 그러나 마지막 행에서 "외롭게 걸린 낮달 같은 남자"라는 묘사를 통해서 이 시의 마지막을 잘 마무리하고 있다.

또한 아래의 시는 힘든 마음의 결단을 노래한 〈4월의 눈〉이란 시이다. 사랑은 상대적인 것일까. 신앙이거나 비신앙이거나 할 것 없이 등가의 법칙이 적용되는 듯하다. 일방적인 노력에도 불구하고 벽을 헐고 길을 내려 한 수고가 부질없음을 알고 마침내 마침표를 찍기까지의 심정을 담담한 어조로 표출한 시이다.

뒤돌아보지 말자
앞만 보고 가자
머뭇거리지도 말자
서녘 하늘에 노을이 진다


향기로운 숲은
둑새풀 무성한 맹지가 되고
청아한 종소리
녹슨 쇳소리로 흩어진다

시린 겨울에 보리순 자라고
밟혀야 더 튼실해진다지만
수묵화로 덧칠한
너의 찬 손

저문 강물에 사랑을 띄워 보내고
4월의 눈 맞으며
네 손을 놓는다
벽을 헐고 길을 내려 한
부질없음에 마침표를 찍는다.

—〈4월의 눈〉 전문

4.

이 시집은 편의상 네 부분으로 나누었는데 4부에 수록된 시들이 가장 큰 비중을 차지하고 있다. 중심이 되는 주제는 아들에 관한 기억과 입원한 어머니를 돌보면서 겪었던 일들을 시로 형상화한 것들이 주종을 이룬다.

살아가면서 만났던 힘들고 고통스러운 일들이었다. 그런데 이런 것들은 쉽게 아물지 않은 상처로 남아 있고, 그리고 그 상처는 그에게 끝없는 그리움으로 남아 시적 에너지원으로서 자리 잡고 있는 역설적인 부분들이기도 하다.

아들아 평안히 가라
험한 나그네 세상
고단한 옷 벗어버리고
세마포 갈아입고
아버지 나라 입성하거라

네가 거할 성은
이별의 눈물이 없는 곳
죽음의 애곡이 없는 곳
수마水魔가 포효咆哮하지 않는 곳

죄악이 관영한 수고와 슬픔뿐인 세상에서
너 순결한 신부야
우리 곁에 머물다 간 하나님의 천사야
심부름 마치고 돌아간 본향에서
아버지와 함께 영생복락 누리거라.
                              —〈아들에게〉 전문

　상기의 시는 직유다. 특별한 수식이나 표현 장치
도 없으며 풍유도, 환유도, 아이러니나 메타포도 없
다. 단순히 간절한 연민의 정만 기술했을 뿐이다. 이
와 동일선상에서 이해할 수 있는 〈작별〉이란 시도
마찬가지다. "이제 떠나야 할 시간-"으로 시작하는
이 시 역시 직설적인 이별가로서 이미지 표출이 있

을 뿐이다. 그럼에도 불구하고 진한 감동으로 다가
오는 것은 무엇 때문인가. 사랑인가 모성애인가. 한
마디로 표현하기는 힘들다. 그러나 독자들은 말로
표현하기 힘든 것들이 감동을 이끌어 내고 있다는
사실을 알고 있을 것이다. 다음은 이러한 감정을 극
명하게 보여주는 시이다.

> 얼마나 더 기다려야 할까
> 퍼덕이는 멸치 붉은 속살이
> 소금에 삭고 삭아서
> 살이 녹아내리고
> 가시까지 무너져 내리려면
>
> 빳빳이 날 세운 형체
> 반짝이는 기억의 비늘
> 육탈되지 않은 그리움 위에
> 소금 몇 줌 더 얹는다
>
> 얼마나 더 삭혀야
> 모양도 없이 물처럼 흘러내릴까.
> ─〈그리움〉 전문

그는 비록 아들에게 작별인사도 끝냈고 고별사도
전했지만 멸치의 붉은 속살처럼 물이 되어 흘러내리

고 사라질 때까지 얼마나 더 많은 시간을 보내야 할 것인가 스스로 자문하고 있다.

그러나 놀랍게도 그는 그 자리에 주저앉지 않고 자신도 모르게 일어나 스스로의 상처를 다스리며 한 걸음씩 전진하고 있는 것이다. 그래서일까, 그의 시 속에는 유난히 봄을 주제로 하는 시편들이 많다.

〈덕유산 봄〉에서는 아주 느리게 오지만 마침내 오고야 마는 봄을, 〈봄마중〉에서는 희망을 파종하고 있는 자신의 모습과 환치시키고 있다. 〈손님〉에서는 혹한 끝에 새 봄을 기다리는 모습으로 나타나고 있다.

마지막으로, 또 다른 의미를 부여하고 있는 시 〈섬-요양원〉을 소개한다. 이 시는 요양원에 대한 것으로 생성과 소멸의 과정에 있는 객관적인 삶의 인식을 묘사하고 있는 시로 공감할 수 있으리라 본다.

백리 길
휘적휘적 달려오느라
마모된 엔진
고장난 회로
궤도 이탈한 육신을 끌고
우후죽순 돋아난
섬으로 이주한다
-중략-

뭍을 향한 그리움이 쌓여
섬 속의 섬이 되어간다

따뜻한 봄볕에
나비 되어
훨훨 날아볼까나.

―〈섬-요양원〉 일부

백리 길 같은 인생길을 달려오면서 마모된 엔진, 고장난 회로, 때로는 궤도를 이탈한 육신을 이끌고 외로운 섬으로 이주하고 거기서 다시 뭍을 향한 그리움이 쌓여 섬 속의 섬이 되어가는 보편적인 사람들의 이야기이다. 그리고 그는 마지막 행에서 "따뜻한 봄볕에/나비 되어/훨훨 날아볼까나"로 끝을 맺는다. 젊음은 노년의 과거지만 반대로 노년은 젊음의 미래다. 왜 사람을 섬으로 묘사했을까. 알 수 없지만 그는 섬처럼 외로운 사람들이 나비 되어 날아가고 싶은 미지의 세상에 대해 연민을 느끼고 있었을지도 모른다.